UN MOT DE RÉPONSE

AU DERNIER MOT DE M. TURCK,

A l'occasion de la découverte de l'arsenic dans les eaux
de Plombières.

PAR LE DOCTEUR HUTIN.

S.-CLOUD. — IMPRIMERIE DE BELIN-MANDAR.

UN MOT DE RÉPONSE

AU DERNIER MOT DE M. TURCK,

À l'occasion de la découverte de l'arsenic dans les eaux
de Plombières.

———

En publiant sur Plombières et ses eaux mi-
nérales un petit livre si simple et si dépourvu
de prétentions, je ne m'attendais pas au triste
honneur de le voir un jour aux prises avec
la Haine et la Jalousie. Aussi est-ce avec
une extrême surprise que j'ai trouvé dans
l'ouvrage de M. Turck, en échange de tous
les témoignages de bienveillante confraternité
qu'il avait reçus de moi, un répertoire complet
des plus malveillantes attaques. Malgré l'in-
dignation que m'inspira une conduite aussi
étrangement inconvenante, ma première pensée avait été tout simplement de supprimer le
nom de cet homme de ma 3e édition, et de
laisser au public le soin d'en faire justice;
mais quelques personnes dignes de toute ma
confiance m'ayant fait remarquer que dans les

1850   16

passages de mon livre, critiqués avec le plus
d'amertume, il s'agissait de questions scientifiques peu familières à la plupart des lecteurs, gens du monde, j'ai compris la conve-
nance qu'il y avait de les éclairer sur le fond
des choses, sur l'ignorance et la mauvaise foi
des attaques.

Cependant, pour me rapprocher le plus
possible de ma première inspiration, et surtout pour éviter une discussion sans intérêt
pour le public, je ne m'occupai de l'ouvrage
de M. Turck que pour relever ses erreurs et
ses fantaisies à mon adresse, laissant à d'autres
la tâche facile de reprendre une à une les
mille contradictions ou hérésies scientifiques
qu'il y a accumulées.

Ce bon procédé de ma part, loin de désar-
mer M. Turck, comme je devais m'y attendre,
paraît au contraire avoir attisé son ardeur
agressive..... Vivement et justement pré-
occupé de la découverte de l'arsenic dans
nos eaux, il crut devoir essayer d'en constater lui-même la présence ; mais comme ses
moyens, probablement imparfaits ou dirigés
sans expérience, restèrent sans résultats, il

s'empressa d'abord de répandre dans le public que nous n'avions pas pu découvrir l'arsenic dans les eaux de Plombières, puisqu'il ne l'y retrouvait pas, et que par conséquent tout ce que nous avions écrit à cet égard était entaché d'inexactitude... Plus tard, cependant, mieux avisé ou plus heureux dans ses tentatives, il prit le parti d'en admettre l'existence et de publier à cette occasion une brochure contenant un fatras historique sur l'emploi médical de cette substance, et surtout force grossières injures à mon endroit.

Rien de tout ceci n'étonnera les personnes qui le connaissent ou qui ont lu son livre, pas plus que je n'en suis moi-même surpris et offensé. A chacun sa nature, à chacun le parfum de son éducation ; et puis, dans l'appréciation des choses et des hommes, ne faut-il pas tenir compte de toutes les circonstances. Le milieu dans lequel nous vivons n'imprime-t-il pas inévitablement à tous nos actes le cachet qui lui est propre ; or, peut-on s'étonner que M. Turck, naguère encore artiste vétérinaire, n'ait pas complétement perdu les allures et le langage que les meilleures natures sont

exposées à prendre dans la chambre à cou-
cher des malades qui ressortent de cette pro-
fession. Je ne le suivrai donc pas sur ce ter-
rain; ses lecteurs lui rendront bonne justice,
j'en suis assuré.

Toutefois, comme cette brochure contient
des erreurs et des insinuations injustes à mon
endroit, je les relèverai en quelques mots, et
puisqu'à mon grand regret je suis amené à
m'occuper une *dernière fois* de M. Turck,
j'en profiterai pour lui signaler dans son intérêt, au milieu d'une foule de choses très-
contestables qu'il a laissé échapper dans son
livre, quelques énormités fort compromet-
tantes qu'il fera disparaître en reconnaissant
que l'erreur peut se glisser dans les esprits
les plus éminents.

M. Turck cultive toutes les sciences avec
un égal succès, cependant il a une prédilec-
tion marquée pour *la physique*; voici un
échantillon de ses idées en ce genre. Il s'agit
d'expliquer comment les glaciers que quelques géologues supposent avoir existé dans les
Vosges ont disparu :

« Dire depuis quelle époque existent ces

moraines, c'est chose absolument impossible. Peut-être et probablement même elles étaient déjà formées quand les hauts pics des Alpes s'élancèrent par delà les nuages (1). *Mais quelle était la cause qui refroidissait ainsi notre pays aujourd'hui tempéré? La terre aurait-elle changé d'équateur? Les Vosges étaient-elles rapprochées du pôle ou sous le pôle même? Il est plus probable qu'avant la formation des houilles, des lignites, des tourbes et des immenses forêts qui existent encore aujourd'hui, l'atmosphère, plus dense parce qu'elle contenait plus d'acide carbonique employé depuis par la végétation, était alors plus froide qu'elle ne l'est maintenant.* (P. VII, Avant-propos.)

La présence normale de glaciers sur les sommités vosgiennes supposerait un abaissement de 7 à 8 degrés dans la température moyenne de cette contrée, qui est aujourd'hui d'environ 9 à 10 degrés. Or, M. Turck le physicien devrait savoir que si l'atmosphère était entièrement composée d'acide carbo-

(1) M. Agassiz dit qu'avant l'apparition des Alpes, l'Europe était couverte de glaces, ce qui est fort contesté.

nique, sa température, comparée à celle de l'air que nous respirons, serait comme 0,965 sont à 1,000, et que par conséquent il n'y aurait qu'un 35 millième de différence, ou un peu moins d'un 29ᵉ de degré de refroidissement (1) !

S'il y a eu effectivement des glaciers sur le versant de quelques sommités des Vosges, ce que je ne veux pas contester, la disposition des meurgers, que nous voulons bien considérer comme des moraines, prouve qu'ils n'ont jamais dû être bien considérables. Cela étant, faut-il donc se torturer ainsi l'imagination pour en tirer des raisons aussi mauvaises qu'étrangement excentriques? La température de l'espace ayant pour cause essentielle le rayonnement stellaire, reste à peu près constante, et les savants ont coutume d'expliquer les grandes variations climatériques locales ou générales par l'accroissement progressif de la population, l'extension des travaux agricoles, le déboisement, le desséchement des marais, l'endiguement des cours d'eau, etc.

(1) Lamé, Leçons de physique, 1ᵉʳ volume.

Ces conditions paraissent-elles donc trop simples à M. Turck pour lui rendre compte de la fonte des glaciers vosgiens? Elles ont cependant exercé leur influence notoirement sur des glaciers bien autrement considérables, ainsi qu'on l'a vu en Suisse et en Savoie; et d'ailleurs n'a-t-on pas observé, à une époque peu éloignée de nous, des glaciers se former de toutes pièces sans que pour cela, que je sache, notre planète ait changé d'équateur, ou que notre atmosphère se soit empoisonnée d'acide carbonique !...

En physiologie comme en physique, M. Turck nous donne de nombreuses preuves qu'il ne faut pas toujours le prendre au sérieux. Il dit (page 34) : « *On comprend cette admirable prévoyance de la nature qui n'a pas voulu que l'estomac, dans l'état de vacuité, sécrétât des sucs acides qui auraient corrodé sa membrane que les acides peuvent dissoudre!*... Il est en vérité bien fâcheux, pour la théorie de M. Turck et pour notre repos, que la nature ait oublié d'avoir cette admirable prévoyance. Tout le monde sait en effet que l'estomac, dans l'état de santé et de vacuité, contient habituellement ces sucs acides si redoutables, et qui me paraissent devoir peser pendant longtemps encore comme l'épée de Damoclès sur l'humanité, dans la personne de son organe digestif, si M. Turck n'y change rien.

Encore *en physiologie* (page 35), M. Turck n'est pas plus heureux dans sa théorie de l'action de nos eaux de Plombières sur la peau et les reins, par laquelle il établit *que la tension de ces organes est simultanée, et que leur sécrétion est à la fois plus abondante et plus acide.* Tous nos malades, un peu attentifs sur ce qui se passe en eux pendant la cure thermale, ont certainement constaté l'inexactitude de cet axiome de cabinet, et tous peuvent dire au contraire que la quantité d'urine qu'ils rendent est en raison inverse de leur transpiration, comme leur acidité est en général en proportion directe de leur concentration. Ajoutons à leurs remarques que dans bien des circonstances l'usage des eaux de Plombières atténue notablement cette acidité, et que quelquefois elles la font disparaître entièrement. M. Turck pourrait savoir aussi

que contrairement à sa théorie, il est d'usage
et de très-bonne pratique, lorsqu'on veut sus-
pendre ou supprimer une secrétion acide, de
stimuler vivement une autre sécrétion de
même nature.

. En *anatomie*, M. Turck n'est pas mieux
renseigné quand il fait naître le nerf grand
sympathique du plexus solaire (p. 60). Où a-t-
il donc entendu dire cela, si ce n'est à l'école
de Sganarelle!

En *médecine*, M. Turck a été moins bien
inspiré encore (p. 61 et suivantes). Il rapporte un certain nombre d'observations de
maladies qu'il considère comme des *gastro-
myélites*, et qui n'ont certainement ce caractère que pour lui. Il est vrai qu'il dit qu'il
croit être le premier qui en ait parlé. Hâtons-
nous de dire cependant que lui-même reconnaît une partie de son erreur, car il dit à la fin
du chapitre : « Toutes ces observations sont
telles que je les ai publiées dans la 5e édition.
Je crois avoir eu tort d'attribuer les accidents
à une inflammation de la moelle épinière; il
est probable que ses enveloppes seules sont
affectées, etc. » J'engage M. Turck à relire ses

16.

observations; il verra qu'il peut changer complétement son diagnostic, et que malgré cette première correction, il reste encore tout à fait inexact. Je conviens qu'il sera peu agréable pour les personnes qui sont l'objet de ces observations, d'apprendre qu'elles ont été traitées pour une maladie qu'elles n'avaient pas; mais enfin M. Turck en fait lui-même l'aveu, et péché avoué est à moitié pardonné.

Mais M. Turck a été bien plus malheureux encore (page 80), en disant *que l'on rencontre souvent des gastrites aiguës très-intenses, sans douleur à l'épigastre et sans réaction fébrile!* C'est ici surtout qu'il aurait pu ajouter, avec l'assurance de ne point exciter de réclamations : *Je suis le premier et même le seul qui ait parlé de cette maladie; c'est moi qui l'ai faite.*

Plus loin (p. 97), M. Turck raconte quelques lamentables histoires de ce qu'il appelle *relâchement des parois abdominales. C'est, dit-il, une des causes les plus puissantes de l'emphysème pulmonaire, et une de celles de l'agrandissement des cellules des poumons* des vieillards, ainsi que de la diminution du nombre de ces cellules (sic). C'est à n'y pas croire. Il faut que M. Turck ait complétement oublié le mécanisme qui produit l'emphysème pulmonaire et les autres lésions dont il parle. Mais ce qu'il y a de plus curieux, c'est que dans les faits de ce genre qu'il rapporte comme types, il n'y a pas le moindre symptôme qui puisse en faire soupçonner l'existence.

Puis M. Turck parle longuement de *la folie*, et il a à cet égard des idées dont personne ne lui contestera la propriété. En voici un spécimen : La folie, dit-il (p. 180 et suiv.), est en général le résultat de l'excitation de la peau. *La tension électrique de cet organe est d'autant plus grande que ses sécrétions sont plus abondantes et plus acides ; alors elle agit avec énergie sur les passions, comme cela se voit dans les pays secs et chauds ; elle développe l'imagination, et il est par conséquent alors facile de comprendre comment elle provoque le délire et l'aliénation,* etc... C'est bien..., mais voici (page 185) que, par une bizarre inconséquence de la na-

ture, *c'est précisément dans les pays hu-
mides et froids que la folie se remarque le
plus fréquemment !*... M. Turck le reconnaît,
et cependant, dit-il : *le calme de l'esprit,
l'engourdissement des habitants de ces ré-
gions, vient de ce que leur peau est baignée
par un air humide et froid, sous un ciel peu
éclairé !*... Comprenez-vous ?... Partout,
dans ce chapitre, la logique a une allure également pressante et décisive; M. Turck fera
bien de le revoir, pour l'honneur de la science
qu'il aime et qu'il cultive avec tant de succès.

M. Turck traite ensuite de l'*épilepsie* dans
le même genre. L'explication qu'il donne de
cette maladie est assez curieuse pour être ra-
contée (page 222) : « A quoi, dit-il, peut-
être dû ce cortége effrayant de symptômes ?
Ne serait-ce pas l'une des deux électricités
du corps qui, s'étant accumulée d'une manière
anormale dans un point quelconque de l'éco-
nomie, *finit par acquérir une tension assez
forte pour rompre les obstacles que lui op-
posent les tissus isolants et pour s'élancer
sur les parties du cerveau qui ont l'électricité contraire !* » Soit... mais de l'autre côté

de la même page, M. Turck avait dit au contraire *que ces tissus isolants sont destinés à faciliter, à diriger le transport de l'électricité au cerveau par les nerfs* !... Ainsi, voilà donc des tissus destinés à escorter l'électricité, à l'empêcher de s'égarer en route, qui tout à coup, oubliant leur consigne, se mettent en travers du cours de l'électricité, qui en définitive est obligée d'en venir à la violence pour passer son chemin !!.. Qu'en dites-vous?...

Enfin M. Turck termine son livre par des considérations sur la vieillesse et sur les moyens de prolonger l'existence. Certes, c'est là un sujet bien digne de ses savantes et profondes méditations, et si les espérances qu'il nous fait concevoir à cet égard reposaient sur des idées sérieuses, l'humanité déposerait à ses pieds une couronne de reconnaissance. Oui, M. Turck, de tout temps, en tous lieux, dans tous les rangs de la société, et dans toutes les conditions, on a vu des existences se prolonger d'une manière extraordinaire ; cela vous frappe avec raison, et vous vous demandez : Pourquoi donc ne parviendrais-je pas à rendre ces faits plus communs, à faire une règle de

l'exception? Pourquoi, comme Henkins, Tho-
mas Parre, Wundert et tant d'autres, ne vi-
vrions-nous pas au delà de cent ans? Hélas!
M. Turck, de tous temps, en tous lieux et
dans toutes les conditions on a vu des hommes
qui ont étonné le monde par leur intelligence,
ce qui est bien plus précieux, par leurs formes,
par leur taille, etc. Pourquoi donc aussi n'ac-
querrons-nous pas l'éclat dont ils ont brillé,
ou les qualités physiques qui les ont distin-
gués? C'est que de tous temps les hommes
éminents par leur intelligence, ou surprenants
par leurs formes, leur taille, etc., ont été,
comme les centenaires, de rares exceptions ;
c'est que, voyez-vous, M. Turck, les supério-
rités morales comme les longévités sont le
résultat de prédestinations, ou de conditions
organiques particulières exceptionnelles dont
la nature est avare, que la science ne peut pas
donner, et qui pour la plupart sont ignorées,
excepté des ignorants. Certes, une bonne hy-
giène peut allonger quelque peu la vie, ainsi
que l'instruction féconde l'intelligence ; mais
la première n'enfantera pas plus de centenaires que la seconde ne produira de génies.

Vous nous promettez 120 années d'existence, M. Turck ; Dieu soit loué! Et vous dites (page 277), que pour atteindre ce résultat, « *il faudrait faire prendre aux vieillards des bains d'électricité positive suffisamment prolongés. Ces bains devront effacer les rides, rendre aux cheveux la couleur, la force et l'épaisseur qu'ils avaient perdues, aux veines superficielles leur ancienne énergie. Il est probable*, dites-vous, *que sous l'influence de cette action électrique, le tissu cellulaire sous-cutané se développera de nouveau, que tous les sécréteurs reprendront une vigueur nouvelle, que l'homme retrouvera ainsi toute la force de l'âge mûr*, etc. » Et la femme, M. Turck, croyez-vous être assez heureux pour lui rendre tous les charmes de la jeunesse et de la virginité? Si cela est, je vous prédis une pompeuse apothéose.

Mon Dieu, M. Turck, vous apprendrez avec bonheur, j'en suis certain, que la Providence a réalisé vos idées, vos prescriptions hygiéniques, et qu'elle nous a destinés à vieillir dans un bain comme celui dont vous proposez d'essayer l'usage. Voilà précisément que l'atmosphère dans laquelle elle nous enveloppe en naissant, nous baigne sans cesse de cette précieuse électricité positive dont elle est plus ou moins chargée habituellement... Quelle heureuse, quelle sublime coïncidence de vues entre vous et le père de la création!..... Mais vous dites quelque part aussi qu'il ne faut prendre le bain que dans une sage mesure; ne trouverez-vous pas alors que sa durée est un peu longue et qu'il serait prudent d'en sortir de temps en temps pour y rentrer ensuite? Et puis, comme la tension électrique de l'air augmente généralement avec les hauteurs, ne trouveriez-vous pas à propos de conseiller quelques voyages en ballons, aux personnes coquettes et ambitieuses de vieillir, avec le parfum et tous les gracieux avantages d'une jeunesse perpétuelle?...

Mais en voilà assez du livre de M. Turck, trop peut-être; car je tiens autant à ne pas l'en tourmenter qu'à ne pas abuser de la patience de mes lecteurs. Voyons donc maintenant la brochure qu'il vient d'y annexer, mais en ce qui me concerne seulement.

M. Turck débute par une allégation complétement inexacte et que je tiens à rectifier, alors même que je n'y attache aucune importance : il dit que M. Duval m'avait invité à assister à ses expériences sur les eaux de Plombières. M. Duval n'a jamais fait d'expériences sur nos eaux, à ma connaissance du moins ; mais il est juste de dire qu'il a été le promoteur de celles que nous avons faites pour y constater la présence de l'arsenic ; je n'ai jamais dit le contraire. M. Duval connaissait-il alors la découverte toute récente de MM. Chevalier et Gobley ? je n'en sais rien ; quant à moi, j'avoue avec humilité que je l'ignorais absolument. Du reste, M. Turck n'a peut-être pas eu à cet égard toute l'indulgence dont il pourrait avoir besoin, lui qui ne connaissait pas, avant la publication de mon livre, la fort belle analyse des eaux de Plombières, publiée en 1837 par MM. Henry et Boulay.

Trop de personnes respectables et compétentes ont assisté à nos expériences pour que M. Turck ose les nier ; mais alors il dit que *j'ai été volé* et il m'en offre ses com-

pliments de condoléance. *Volé!*... sans doute
par MM. *Gentilhomme* et *Résal*, car ce sont
eux qui ont eu l'obligeance de faire les
évaporations, d'essayer les réactifs, de dis-
poser l'appareil, etc. Cela est peu gracieux
pour ces messieurs; mais leur caractère ho-
norable, leur consciencieuse délicatesse les
défend assez contre une pareille calomnie,
pour que je leur fasse l'injure d'ajouter un
mot à leur justification : personne autre que
M. Turck ne les croira capables d'avoir voulu
me tromper, me *voler*, comme il le dit.

Il est vrai qu'en racontant nos expériences
je n'ai pas cru devoir fatiguer le public de
tout le détail de mille précautions que nous
avons prises pour qu'elles ne laissent rien à
désirer. Mais, où donc M. Turck a-t-il vu ou
lu que toutes les conditions propres à faire
réussir nos recherches, et que la science in-
dique, n'avaient pas été prévues? Où donc
a-t-il vu, par exemple, que nous n'avions pas
ajouté au produit de nos évaporations une
suffisante quantité d'acide nitrique rectifié
pour détruire la matière organique, et cela
non pas tant dans la pensée que l'arsenic

pouvait être combiné à cette matière, que parce que sa présence dans les liquides est toujours un obstacle à l'expression des phénomènes de l'appareil de Marsh. Tout dernièrement encore, dans la crainte que ma mémoire ne fût infidèle, j'ai invoqué sur ce fait les souvenirs de M. Résal; sa réponse catégorique ne m'a pas laissé le plus léger doute à cet égard.

Maintenant, si M. Turck n'a pas obtenu, comme nous, les taches arsenicales en traitant les réductions au 10e, c'est évidemment qu'il n'a pas opéré avec les mêmes précautions que nous; c'est qu'il y a dans les manipulations chimiques une foule d'écueils qu'il faut savoir éviter ; c'est, comme l'a dit M. Devergie, que l'appareil de Marsh donne des résultats à des mains exercées, et n'en donne pas à d'autres; c'est qu'aussi les taches ne se produisent pas toujours immédiatement et au gré de l'imagination, et qu'il faut, dans quelques circonstances, les attendre pendant plus d'une demi-heure. Cela nous est arrivé quelquefois dans nos expériences, et non-seulement nous les avons attendues, mais encore nous avons été assez souvent obligé d'ajouter un excès d'acide sulfurique pour les obtenir.

Cette question étant vidée, il ne reste rien de sérieux dans la brochure de M. Turck ; si, cependant, il y a une observation, une seule qui, malgré les aménités dont elle est assaisonnée, n'en est pas moins exacte, savoir, que l'odeur des urines ne peut pas, ainsi que je l'avais dit, y faire pressentir la présence de l'arsenic. Frappé de l'étrangeté de cette odeur, si commune chez les personnes qui prennent nos eaux, j'avais été, à cet égard, entraîné au delà de la vérité ; je m'empresse de le reconnaître. Hors cela, je le répète, il n'y a rien dans la brochure de M. Turck qui soit digne du plus léger examen. On va en juger.

D'abord M. Turck me reproche d'avoir copié une page de son livre! ! !

Puis il m'accuse, toujours avec son urbanité accoutumée, d'avoir *publié une seconde édition de mon Traité des maladies de matrice,* en le recouvrant d'un nouveau titre et en l'augmentant de quelques pages seule-

ment! Ce livre, résultat de ma longue expérience dans ces sortes de maladies, ne peut
pas changer au gré de l'imagination comme
ces théories de cabinet dont se nourrissent
certains esprits. En en publiant une seconde
édition, je n'ai pu ajouter au texte de la
première, que ce que ma pratique m'avait
appris de nouveau; et entre autres choses
nouvelles, M. Turck conviendra cependant qu'il y a trouvé un chapitre entier *sur
les causes de la stérilité chez les femmes*,
dont il a cru devoir reproduire quelques
parties dans son livre, ce dont je ne me
plains, certes, pas.

M. Turck dit ensuite que je veux soustraire
les eaux de Plombières à leur pesanteur;
que je ne veux pas qu'une colonne d'eau de
3000 pieds pèse plus qu'une atmosphère, etc!
Je l'engage à relire mon livre *à tête calme*,
depuis la page 112. Il verra qu'il n'y a pas
un seul mot qui ressemble le moins du monde,
de près ou de loin, à ce qu'il me prête si
généreusement.

Plus loin, M. Turck revient encore sur la
variabilité de nos eaux dans leurs degrés de

chaleur et de minéralisation. Je le renvoie
également aux recherches quej'ai faites *moi-
même* à ce sujet.

Que M. Turck n'agisse pas avec tout le
respect, toute la politesse que les hommes de
science, que les gens bien élevés ont coutume
d'apporter dans leurs relations ; mon Dieu, je
veux bien m'en consoler en ce qui me concerne ; mais il y a des plaies de famille qu'il
n'est permis à personne de rouvrir éternelle-
ment ; aussi, est-ce avec une extrême douleur
que je vois M. Turck revenir dans sa brochure, avec une cruauté sans égale, sur la
maladie d'une jeune personne que j'ai racon-
tée dans mon livre (page 159). Ce que j'en
ai dit est de la plus scrupuleuse exactitude.
En général, la réflexion ne dure pas assez
longtemps chez M. Turck pour le préserver
de ces étranges inconséquences qui se font
remarquer dans ses écrits ; mais ici il est trop
évidemment sous l'empire de mauvaises
passions pour conserver une entière lucidité :
il ne voit pas que pendant qu'il disait chari-
tablement au père de cette malheureuse enfant
que le traitement que je lui faisais suivre aurait

un résultat funeste en provoquant un abcès
dans les reins, la malade allait mieux, ses
douleurs et ses vomissements se calmaient ;
elle commençait à quitter le lit, et à supporter
quelque peu de nourriture. Il ne voit pas que
quatre mois après mon départ, et alors que
depuis longtemps elle ne faisait plus rien, elle
sortait tous les jours, elle allait au bal , ainsi
qu'il le reconnaît, et que par conséquent il y
avait une trêve complète dans les accidents de
sa maladie, comme cela se voit souvent dans
le cours des affections graves. Il ne voit pas
que c'est à la suite d'une violente indigestion
que le mal s'est réveillé, que les accidents ont
reparu, que les vomissements ont persisté sans
relâche pendant assez longtemps encore ,
ainsi que le constate ma correspondance, et
que c'est environ six mois après mon départ
qu'elle a succombé à une affection cancé-
reuse de l'estomac, ainsi que me l'écrivit son
médecin, le docteur A. Grillot.

Enfin, M. Turck termine sa diatribe par
une petite malice à l'occasion de la confiance
qu'une jeune personne somnambule aurait
témoignée à mon égard. Cette confiance qui

m'honore, et pour laquelle je suis toujours plein de gratitude de quelque part qu'elle me vienne, révolte profondément M. Turck, et je le conçois, il comprend si bien qu'elle serait mieux placée en lui !... Dieu me garde de dire ou de penser le contraire. Mais le trait qu'il me décoche à cette occasion est trop grossièrement acéré pour blesser... M. Turck a-t-il donc oublié que la calomnie est un poison dangereux qui reporte souvent à sa source la honte de sa défaite ?....

www.ingramcontent.com/pod-product-compliance
Lightning Source LLC
Chambersburg PA
CBHW061733180626
46818CB00006B/2587